Yvonne Gelape Bambirra

Wollte so gerne Sterne dir schenken

story.one – Life is a story

1st edition 2023
© Yvonne Gelape Bambirra

Production, design and conception:
story.one publishing - www.story.one
A brand of Storylution GmbH

All rights reserved, in particular that of public performance, transmission by radio and television and translation, including individual parts. No part of this work may be reproduced in any form (by photography, microfilm or other processes) or processed, duplicated or distributed using electronic systems without the written permission of the copyright holder. Despite careful editing, all information in this work is provided without guarantee. Any liability on the part of the authors or editors and the publisher is excluded.

Font set from Minion Pro, Lato and Merriweather.

© Cover photo: Photo by Sime Basioli on Unsplash

© Photos: All photos by Unsplash.com, except page 44 by Kay Koschel

Poetry Translation: Ivone Bambirra Contakt: Kaitooo + Bambi Media Production, Hamburg www.ivonebambirra.com

ISBN: 978-3-7108-3662-6

*"Ob ich Poesie mag?
Ich mag Menschen, Tiere,
Pflanzen, Orte, Schokolade,
Wein, angenehme Gespräche,
Freundschaft, Liebe. Ich denke,
die Poesie ist in all dem
enthalten."*

Carlos Drummond de Andrade

INHALT

Einladung	9
Presente / Geschenk	13
Amor / Liebe	17
Ah, as rosas... / Ach, die Rosen...	21
Os heróis / Die Helden	25
Canção sem Palavras / Lied ohne Worte	29
Opinião / Meinung	33
Poema para Clara / Gedicht für Clara	37
Josa / Josa	41
Poème du Don / Gedicht der Gabe	45
N. s. d. montanha / Neue Bergpredigt	49
Ressonância / Resonanz	53
P. d. Presunção / Gedicht der Anmaßung	57
Poema de Penélope / Penelopes Gedicht	61
Esperança / Hoffnung	65
Poema Paulista / Poem Paulista	69
Epílogo / Nachwort	73

Einladung

Ivone Bambirra

Willkommen in der Welt der Worte und Emotionen, wo Sprache zur Kunst wird und Gefühle in Versen erblühen. Die Zeilen in diesem Buch sind dabei nicht nur Worte: sie sind wie Fenster zu verschiedenen Welten, die von Liebe, Verlust, Freude, Schmerz und der Schönheit des Lebens erzählen. Die folgende Auswahl von Gedichten ist eine Hommage an eine außergewöhnliche Frau und Künstlerin, meine Mutter, deren Herz und Seele in den Gedichten, die Du hier finden wirst, widerhallen. Dieses Buch ist eine Feier der Liebe, der Familie und der unermüdlichen Suche nach Sinn und Bedeutung in unserer Zeit. Tauche mit ein in die Welt der Poesie und lass Dich berühren und inspirieren.

Ivone Bambirra, Hamburg, September 2023

Convite

Bem-vindo ao mundo das palavras e emoções, onde a linguagem se torna arte e os sentimentos florescem em versos. Os poemas deste livro não são apenas palavras: são como janelas para diferentes mundos que falam de amor, perda, alegria, dor e da beleza da vida. A seleção de poemas a seguir é uma homenagem a uma mulher e artista extraordinária, minha mãe, cujo coração e alma ecoam nos versos que você encontrará aqui. Este livro é uma celebração do amor, da família e da incessante busca pelo sentido e significado de nossos tempos. Mergulhe no mundo da poesia e deixe-se tocar e inspirar.

Ivone Bambirra, Hamburgo, Setembro de 2023

Presente / Geschenk

Presente

Quanto eu quisera
te dar estrelas
flores do céu
que brilham sempre
gravam teu nome no firmamento

As rosas murcham
somem as lembranças
e a tua imagem
tão pura agora
mesmo tão bela
dissipará.

Quanto eu quisera
te dar estrelas
porém não posso...

Geschenk

*Wollte so gerne
Sterne dir schenken
Himmelsblumen
die immer scheinen
deinen Namen in das Firmament gravieren*

*Rosen welken
Erinnerungen verschwinden
und dein Bild
so rein jetzt
auch wenn so schön
wird sich auflösen.*

*Wollte so gerne
Sterne dir schenken
aber ich kann nicht...*

Amor / Liebe

Amor

O amor é velho e nasce todo dia
Eterno como o sol
É o vidro colorido de um caleidoscópio
brinquedo de criança
que a gente não se cansa de ver girar
Parece modificar... Mas não: é o mesmo vidro
colorido
que muda de feitio e de lugar...

Liebe

Die Liebe ist alt und wird jeden Tag neu geboren
Ewig wie die Sonne
Sie ist das farbige Glas eines Kaleidoskops
Kinderspielzeug
das uns nicht ermüdet zuzusehen beim Drehen
Es scheint sich zu verändern... Aber nein: es ist das gleiche farbige Glas
das Form und Platz verändert...

Ah, as rosas… / Ach, die Rosen…

Ah, as rosas

É inútil chorar o tempo perdido
Ilusões contidas no passado
não amenizam o desamor
O vento levou as pétalas vermelhas
(pareciam gotas de sangue)
Ficaram só os espinhos
O coração ferido para sempre
nunca mais cicatrizou
Ficou um vazio apenas, nada mais.

Ach, die Rosen

Es ist sinnlos, der verlorenen Zeit nachzutrauern
Illusionen, die in der Vergangenheit liegen
mildern die Verzweiflung nicht
Der Wind trug die roten Blütenblätter fort
(sie sahen aus wie Blutstropfen)
Nur die Dornen blieben
Das Herz für immer verwundet
nie wieder geheilt
Nur eine Leere blieb, sonst nichts.

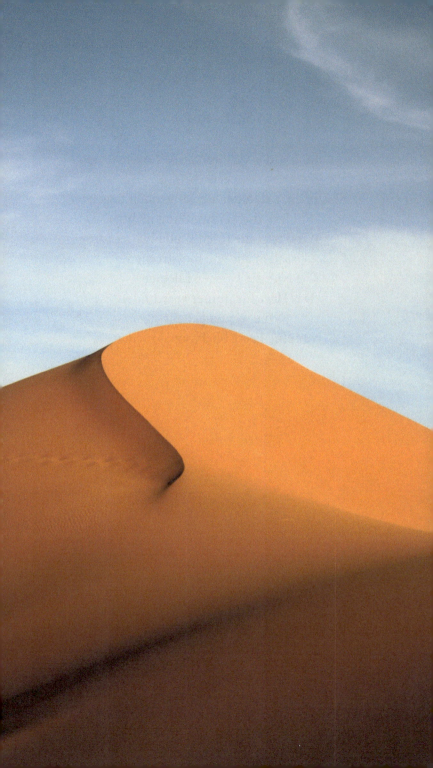

Os heróis / Die Helden

Os heróis

Antes era o sonho
A esperança de um mundo melhor
Os dias iriam fluir
como se não houvesse o amanhã

Depois tanta lágrima rolou
Tanto sangue derramado
nas areias dos desertos
nas poeiras dos escombros

Seus olhos ainda estão abertos
O silêncio, a dor, a saudade
A bandeira a meio mastro...

Die Helden

Vorher war der Traum
Die Hoffnung auf eine bessere Welt
Die Tage würden fließen
als ob es ein Morgen nicht gäbe

Danach, so viele Tränen vergossen
Soviel Blut geflossen
In den Sanden der Wüsten
In den Schatten der Trümmer

Ihre Augen sind noch offen
Die Stille, der Schmerz, die Sehnsucht
Die Flagge auf Halbmast…

Canção sem Palavras / Lied ohne Worte

Canção sem Palavras

Quisera te dar uma canção
Mas a canção ficou sem palavras

Quisera te dar uma canção
mas a canção ficou sem melodia

Mas não preciso de palavras
nem de melodia
para te dizer
que te amo
para todo o sempre

Lied ohne Worte

Ich wollte dir ein Lied schenken
Doch das Lied blieb ohne Worte

Ich wollte dir ein Lied schenken
Doch das Lied blieb ohne Melodie

Aber ich brauche weder Worte
noch Melodie
um dir zu sagen,
dass ich dich liebe
für immer und ewig

Opinião / Meinung

Opinião

Não pense,
pensarão por você

Não fale,
falarão por você.

Não ria,
rirão por você.

Não sonhe,
sonharão por você.

Mas na hora de sofrer
ninguém sofrerá por você!

Meinung

Denke nicht,
sie werden für dich denken.

Sprich nicht,
sie werden für dich sprechen.

Lache nicht,
sie werden für dich lachen.

Träume nicht,
sie werden für dich träumen.

Aber wenn es darum geht zu leiden,
wird niemand für dich leiden!

Poema para Clara / Gedicht für Clara

Poema para Clara

Clara
Claridade
Clarim
Som puro que soa

Clara
Claridade
Luz que ilumina
Clara pura claridade
Plena intensidade

Clara mensagem
Clara paisagem
Luz da manhã
Não é jogo de palavras
Clara é amor

Gedicht für Clara

Clara
Klarheit
Clarim
Rein klingend

Clara
Klarheit
Licht, das erhellt
Clara reine Klarheit
Vollkommene Intensität

Klare Botschaft
Klare Landschaft
Morgenlicht
Es ist kein Wortspiel
Clara ist Liebe

Josa / Josa

Josa

Alguém disse
que a poesia é um estado de graça
Feita com as mesmas palavras que todos dizem
mas para expressar o indizível,
o caminho dos seres para o infinito

Por isso é que não se pode definir
esse azul tão puro dos seus olhos
que não é de céu, nem azul de mar
Algo tão eterno e maravilhoso
que nem mensagem de anjos,
tão inefável

para além das palavras
gesto perfeito
gosto de pão
aroma de jardins
sons de altitude

Azul dos seus olhos
mistério insondável
Você!

Josa

Jemand sagte,
dass Poesie ein seelischer Zustand ist
Gemacht mit denselben Worten, die alle sagen
aber um das Unsagbare auszudrücken,
der Weg der Wesen in die Unendlichkeit.

Deshalb kann man nicht definieren
dieses so reine Blau deiner Augen,
dass weder himmelblau noch meerblau ist
Etwas so Ewiges und Wunderbares
wie eine Botschaft von Engeln
so unbeschreiblich

jenseits der Worte
Vollkommene Geste
Brot-Geschmack
Duft der Gärten
Klänge der Höhe

Das Blau deiner Augen
unergründliches Geheimnis
Du!

Poème du Don / Gedicht der Gabe

Poème du Don

(Pour Yvonne Marie)

Voici ces poupées
Voici ces joujoux
Tout c'est pour vous
ma chérie, mon amour

Voici ces chants
et tout cet espoir
Dans cet an nouveau
tout c'est pour vous
ma chérie, mon amour

Et quand l'age arrive
sans retour
avec tous ses pleurs
avec toutes ses larmes
Voici mon coeur

Tout c'est pour Vous
Ma chérie, mon amour

Gedicht der Gabe

(Pour Yvonne Marie)

Hier sind die Puppen
Hier sind die Spielzeuge
Alles ist für Dich
meine Liebste, meine Liebe

Hier sind die Lieder
und all diese Hoffnung
In diesem neuen Jahr
Alles ist für Dich
meine Liebste, meine Liebe

Und wenn das Alter kommt
ohne Rückkehr
mit all seinem Weinen
mit all seinen Tränen
Hier ist mein Herz

Alles ist für Dich
Meine Liebste, meine Liebe

N. s. d. montanha / Neue Bergpredigt

Novo sermão da montanha

Bem-aventurados os pobres de espírito
eles serão enganados
Bem-aventurados os humildes,
eles serão pisados
Bem-aventurados os que têm fome e sede de
justiça,
eles serão fuzilados
Bem-aventurados sereis quando enganados,
despojados,
fuzilados.

Bem-aventurados sereis porque odiando
não se vive neste mundo

Fora do amor não existe outra solução
para a humanidade.

Neue Bergpredigt

Selig sind die Armen im Geiste,
sie werden betrogen werden
Selig sind die Demütigen,
sie werden getreten werden
Selig sind diejenigen, die nach Gerechtigkeit
hungern und dürsten,
sie werden erschossen werden
Selig seid ihr, wenn ihr getäuscht, beraubt und
erschossen werdet

Selig seid ihr, denn in dieser Welt kann man
nicht leben, wenn man hasst

Außerhalb der Liebe gibt es keine andere Lösung für die Menschheit.

Ressonância / Resonanz

Ressonância

Tempos heróicos
Tempos de luta
Fuga do eu
Fuga do nada.

O que interessa
Só o que penso
Só o que sofro
Ou porque luto

Para andorinhas
que voam em bandos
sempre há consolo
na tempestade.

Resonanz

Heroische Zeiten
Kämpferische Zeiten
Fluch des Ichs
Fluch des Nichts

Was interessiert es
Was ich denke
Was ich leide
Weshalb ich kämpfe

Für die Schwalben,
die im Schwarm fliegen
gibt es immer Trost
im Sturm.

P. d. Presunção / Gedicht der Anmaßung

Poema da Presunção

Que somos nós para imitar teus pássaros?
Que somos nós para imitar tuas flores?
Que somos nós para encurtar distâncias
Se construímos barreiras entre os corações?
Que somos nós para fabricar a vida
Se só sabemos destruir!

E no entanto falamos em progresso...

Gedicht der Anmaßung

Was sind wir um deine Vögel zu imitieren?
Was sind wir um deine Blumen nachzumachen?
Was sind wir um die Entfernungen zu verkürzen
Wenn wir jedoch Barrieren zwischen den Herzen bauen?
Was sind wir um Leben zu erschaffen
Wenn wir nur zu zerstören wissen!

Und trotzdem sprechen wir über Fortschritt…

Poema de Penélope / Penelopes Gedicht

Poema de Penélope

Eu o esperarei sempre
dentro da névoa, olhos toldados

Eu o esperarei sempre
o coração cheio de ilusões, a alma em festa

Eu o esperarei sempre sem tédio,
sem amargura
a sonhar eternamente o seu regresso

Eu o esperarei tempre
Mesmo que não venha nunca

Penelopes Gedicht

Ich werde immer auf ihn warten
drinnen im Nebel, Augen verschwommen

Ich werde immer auf ihn warten
das Herz voller Illusionen, die Seele feiert

Ich werde immer ohne Langeweile auf ihn warten,
ohne Bitterkeit
ewig von seiner Rückkehr träumend

Ich werde immer auf ihn warten
Auch wenn er nie kommen wird

Esperança / Hoffnung

Esperança

Jamais poderei esquecer
o mar na praia e o seu ruído.
Viverei eternamente com a impressão
de iminente tempestade
Até o dia em que nos encontrarmos
lá, onde as grandes ondas nascem,
nas profundezas do impossível.

Hoffnung

Könnte nie vergessen
das Meer am Strand und sein Geräusch.
Werde ewig mit dem Eindruck leben
eines bevorstehenden Sturmes
Bis zu dem Tag, an dem wir uns treffen
da, wo die großen Wellen entstehen
in der Tiefe des Unmöglichen.

Poema Paulista / Poem Paulista

Poema Paulista

Esta terra é de pedra
Esta terra é de asfalto
Por fora é toda de luzes
mas por dentro é só de angústia.

Angústia da correria
da séria competição
na luta de cada dia.

Aqui apanham da vida
o mendigo e o milionário
Quem tudo tem nada tem
junta as estrelas fugazes
que se abrem no infinito
e quem nada tem não tem
nem o direito de existir.

Esta terra é de pedra
Esta terra é de asfalto
Por fora é só de cimento
mas por dentro é puro amor.

Poem Paulista

Diese Erde ist aus Stein
Diese Erde ist aus Beton
Außen ist sie ganz aus Licht
Aber innen drin ist es nur Angst.

Angst vor der Hektik
aus dem harten Wettbewerb
im Kampf des Alltags.

Hier erwischt das Leben
den Bettler und den Millionär gleichermaßen
Wer alles hat, hat nichts
Wie die Sternschnuppen,
die sich in der Unendlichkeit verlieren
Und wer nichts hat,
hat nicht mal das Recht zu existieren.

Diese Erde ist aus Stein
Diese Erde ist aus Beton
Außen ist nur Zement
Aber innen reine Liebe.

Epílogo / Nachwort

Epílogo

Passamos pela vida desconhecendo e desconhecidos, principalmente nas grandes cidades. As superpopulações veem-se bombardeadas por mil e uma mensagens quase sempre consumistas.

Muitas coisas importantes são relegadas para depois. Mas há pessoas para as quais escrever é uma necessidade vital. Expressar-se por meio da poesia, tão imprescindível quanto o ar, o Sol, a água. Mesmo que não se possa vender como pãezinhos ou sabonetes. Afinal, não se pode vender a vida, nossa própria vida. Mais que por meio de uma foto, aqui estou.

Yvonne Gelape Bambirra (2009)

Nachwort

Wir gehen wissend und unwissend durch das Leben, vor allen in Großstädten. Die Überbevölkerung wird mit tausend und einer Botschaft bombardiert, die fast immer konsumorientiert ist...

Aber es gibt Menschen, für die das Schreiben eine lebenswichtige Notwendigkeit ist. Sich durch Poesie auszudrücken, ist so wichtig wie Luft, Sonne und Wasser. Auch wenn man sie nicht wie Brötchen oder Seife verkaufen kann. Schließlich kann man das Leben, sein eigenes Leben, nicht verkaufen. Hier bin ich!

Yvonne Gelape Bambirra (2009)

YVONNE GELAPE BAMBIRRA

Yvonne Gelape Bambirra (1928-2017), Autorin,
Journalistin, Lehrerin, Übersetzerin und Mutter. Sie hat
in Brasilien zahlreiche Gedichte, Kinderbücher,
und Novellen veröffentlicht.

Loved this book?
Why not write your own at story.one?

Let's go!